Agatha Mistery

小侦探阿加莎

爱尔兰的时空陷阱

[意] 史蒂夫·史蒂文森 著　黄鑫 译

上海译文出版社

图字：09-2024-0600号

图书在版编目（CIP）数据

爱尔兰的时空陷阱/(意)史蒂夫·史蒂文森(Sir Steve Stevenson)著；黄鑫译. --上海：上海译文出版社，2025. 8. --(小侦探阿加莎). --ISBN 978-7-5327-4993-5

Ⅰ. I546.84

中国国家版本馆CIP数据核字第2025S7K806号

爱尔兰的时空陷阱 L'ANELLO SCOMPARSO

［意］史蒂夫·史蒂文森 著 ［意］斯特凡诺·图尔科尼 绘 黄鑫 译

选题策划 张 顺
责任编辑 王宇晴 朱昕蔚
封面设计 张擎天

上海译文出版社有限公司出版、发行
网址：www.yiwen.com.cn
201101 上海市闵行区号景路159弄B座
常熟市文化印刷有限公司印刷

开本 890×1240 1/32 印张 4.25 字数 32,000
2025年8月第1版 2025年8月第1次印刷
印数：0,001—6,200册

ISBN 978-7-5327-4993-5
定价：35.00元

任务

参与者

阿加莎

十二岁，梦想成为一名侦探小说家，拥有惊人的记忆力。

拉里

捣蛋鬼学生，就读于著名的“侦探眼”学校。

肯特先生

前拳击手，无可挑剔的英式管家。

沃森

顽皮的西伯利亚猫，
嗅觉如猎犬般敏锐。

芬恩叔叔

享誉全球的模型制作师，他正试图
用模型重建整个爱尔兰。

目的地

爱尔兰——戈尔韦

目标

查明是谁拿走了那个五十年前
被一群学生埋在地下的时间胶囊，
即使里面装的似乎都是些
毫无价值的东西……

目录

任务开始

在一个凉爽多风的五月下午两点，拉里·米斯特里准时出现在与人约好的地点——这一点儿也不像他。伦敦郊外的绿地上有世界上最令人向往的游乐园之一——**卡特斯蒸汽博览会**。焦糖苹果的味道弥漫在空气中，古老的木制旋转木马在不停转动，绚丽的色彩、闪烁的灯光和蒸汽喷发声的种种诱惑令人应接不暇。

这个十四岁男孩有着深色且晦暗的蓬乱头发，以及瘦弱得没有一丝肌肉的体格。他在射击场、旋转木马和旋转飞椅之间穿行，时不时心灰意冷地查看一下“眼线宝”——他的侦探学校为侦探们提供的特殊装备。

屏幕停留在他收到的最后一条信息上已经半个小时了。那是一则足以让他垂头丧气的通知：

卡特斯蒸汽博览会

卡特斯蒸汽博览会是英国著名的传统蒸汽主题游乐园活动，起源于19世纪末。它以丰富的蒸汽动力游乐设施和复古氛围著称，如蒸汽过山车、旋转木马等，保留了维多利亚时代的风格。除了游乐设施，现场还有蒸汽机展示、老式车辆巡游、复古音乐表演等活动。每年吸引大量游客，不仅是家庭游乐的好去处，也是蒸汽爱好者和复古文化迷的天堂。它不仅是娱乐活动，更是对工业革命时期蒸汽文化的传承与致敬。

对不起，对不起，对不起，拉里！我忘记了我们今天的约定。我和朋友们正在市中心购物……我没办法把他们丢下不管！

“当然，丢下我不管就无所谓了，”他咕哝道，“我再也不会上你的当了！咱们的友谊就到此为止了！”

这位被抱怨的年轻女士名叫玛特尔·温特布洛瑟姆。她有着满头柔软的红发和布满小雀斑的面颊，是一个活泼开朗又有些粗心大意的十三岁女孩。本来是她提议去伦敦最浪漫的游乐园的。

“结果她却放我鸽子了，”拉里咕哝着，朝一个空的爆米花桶踢了一脚，“就像上次和上上次一样。我不应

该再理她了，可我做不到啊！”他大声喊道。

“你遇到什么问题了吗，朋友？”一个声音低声说道，“你很幸运，我这儿正好有适合你的东西，百分之百有效！”

一个小丑出现在了年轻侦探的身旁。

他穿着一身圆点花纹的服装，留着一撮紫色的头发，鼻子红得像樱桃。他递给男孩一张画满星星图案的传单。上面写着：

> 免费手相解读服务。
>
> 塞尔达夫人，英国最棒的手相师！
>
> 解决工作、健康和情感问题的头号人选！

“呃——哦……某种能预见未来的女巫？”拉里怀疑地问道。

小丑果断地点了点头。“几乎从不出错，”他低声说，“她的帐篷就在出口旁边。塞尔达夫人会告诉你你想知道的一切……前提是你有足够的勇气去拜访她！”

然后他迅速消失在了人群中。

拉里把传单在手指间翻来翻去。尽管这是春日里一个温暖的午后，他却仍感到一股寒意从背后袭来。纸牌占卜师、巫师和任何怪力乱神的事，都不适合像他这样的侦探！然而，他是多么希望有朝一日能和玛特尔一起逛游乐园啊……甭管怎么说，也许，他可以给那个塞尔达夫人一个机会。他按照小丑指的方向，在出口旁边找到了女巫的帐篷。周围空无一人，只有一只乌鸦在草地上啄食。它立刻不满地呱呱叫了几声，然后飞走了。拉里在入口处那块深绿色天鹅绒帘子前最后停顿了一下。那里散发着灰尘和樟脑丸的气味。

“别这么胆小，哥们！”他试图说服自己，“如果这位塞尔达夫人真的是个能预见未来的人，她就会知道你和玛特尔的友情能不能长久……”

然后他深吸一口气，走了进去。过了好几秒钟，他的眼睛才适应了里面的昏暗。这里装饰得就像过万圣节一样：天花板上挂着橡胶蝙蝠和假蜘蛛网，而在蜡烛照亮的架子上，可以看到很多**安瓿瓶**，里面装着颜色奇怪的液体。塞尔达夫人坐在后面，被黑

安瓿瓶

安瓿瓶是一种可熔封的硬质玻璃容器，通常用于存放注射用的药物、疫苗或血清。安瓿瓶的密封性很好，能保证药水在保存和使用过程中不受细菌污染，同时透明的瓶子也方便检查药水是否清澈。安瓿瓶广泛应用于医疗、化妆品和实验室等领域。

暗笼罩着。她头戴一块垂到耳朵的头巾，双臂上戴满了闪闪发光的手镯。

“走近点儿，年轻人，”她的声音有些沙哑，“你叫什么名字?”

“拉里·米斯特里，夫人，”他声如细丝地说，“有人给了我……呃，这张传单，说是可以免费看手相……呃……”

他刚把传单递过去，那个古怪女人的长手指就像钳子一样紧紧抓住了他的手腕。拉里一下子僵住了，上半身坐得笔直，然后伸出了手掌。

“非常、非常有意思，”女巫一边用尖尖的指甲沿着他手掌上的纹路划过，一边喃喃自语，“我看得出你是个喜欢四处游历的人……”

拉里瞪大了双眼。她说对了！他的教授们经常把他派到地球上最偏远的地方去执行惊险的任务。

“你去过很多国家，”她接着说，“埃及、印度、日本……而且总是和你的小妹妹一起……不，等等，是你的小堂妹!”

拉里脸色煞白。塞尔达夫人怎么会知道阿加莎的事呢?阿加莎立志成为一名侦探小说家,经常帮他解决最错综复杂的案子。

“每次你都会遇到某个奇怪的亲戚随时准备为你提供帮助,我说得对吗?”这个手相师又带着狡黠的神情问道。

“您又猜对了，”拉里紧张地回答，“呃，那您肯定也知道玛特尔的事。她……”

突然，那女人紧紧抓住拉里的手腕，并用炽热的目光盯着他。

“小心啊，年轻人，”她阴森森地说，“我看到你的未来有个灾难，可怕的事情即将发生!”

拉里的心跳开始加速。

“这……您真的确定吗?”他呜咽着问道。

“我从不会出错，”她嘶嘶地说道，“有人对你下了恶咒：你成了一个强大诅咒的受害者，最黑暗的厄运将会一直困扰着你!”

就在这时，“眼线宝”发出了一连串的嘟嘟声。

拉里像被大黄蜂蜇了似的，猛地挣脱了她的手。他被一块满是灰尘的地毯绊了一跤，又被蜘蛛网缠住，然后扯着嗓子尖叫着冲出了门。

直到那帐篷变成了广场尽头一个小点，他才停下奔跑的脚步。

而那个钛合金装置仍在无动于衷地响个不停。他用颤抖的双手握住它，看向屏幕。那上面出现了一条来自侦察实践课老师 UM60 的信息：

新任务，LM14 探员！

目的地：戈尔韦市，爱尔兰。

行动开始时间：明天九点三十分。

难度级别：请参阅附件中的档案。

附言：即便像您这样笨手笨脚的人，也能解决这么简单的调查。

拉里最后看了一眼女巫的帐篷——是他的错觉，还是有人探出头来在窥视他？拉里又打了个长长的寒战，然后转过身，急匆匆地向米斯特里家走去。如果说有谁能把他从这可怕的处境中解救出来，那肯定就是他那了不起的小堂妹了。

第一章

阿卜杜拉卡德……阿加莎！

趁着天气晴好，阿加莎·米斯特里在米斯特里家英式风格的草坪上摆好了一张小桌子，这是她家族世代相传的维多利亚式宅邸。她把一条装饰着星星的暗紫色桌布铺在桌面上，又穿了一件带有同样图案的束腰长袍，头戴一顶尖帽子，然后在空中挥舞着一根木魔杖。

“请注意，”她用戏剧化的夸张声调说，“演出马上就要开始啦！”

事实上，观众就只有肯特先生和沃森。这位无可挑剔又坚毅能干的英式管家和那只白毛西伯利亚猫静静地注视着魔杖的舞动。阿加莎展示了一枚放在手掌上的银币，然后握紧拳头。当她再次张开手掌时，那枚硬币竟然消失不见了！

“太神奇了。”这位前拳击手低声说。

“这不算什么，亲爱的肯特先生，”阿加莎说，“对了，我注意到你有些不对劲儿……我能检查一下吗?”

然后，她开始从他的一边耳朵里抽出一条色彩斑斓的绳子，由系在一起的彩色手帕组成。到这时，就连这个一贯沉着冷静的大管家也忍不住发出了惊叹。

“现在是压轴大戏了。”阿加莎边说着边摘下帽子。她用魔杖轻轻敲了敲帽檐，一只白鸽从圆锥形的尖顶帽里飞了出来，扑扇着翅膀消失在春日的天空中。沃森盯着鸽子喵喵叫着，似乎想要去抓住它。

“多亏了那本魔法书，最近您取得了很大的进步。”肯特先生在真诚地鼓掌后评价道。

阿加莎微笑着对他说：“魔法是不存在的，这只是

魔术手法罢了，”她解释道，“这是靠手速的艺术，能够让魔术师惊艳众人。”管家所说的那本书是阿加莎的祖父留给她的。德克斯特·米斯特里和他家族的所有成员一样，从事着一个相当不寻常的职业：他是一位国际知名的魔术师，他的巡回演出在各国的剧院里场场爆满。

“我得好好练习一下扑克牌魔术，”阿加莎一边用心地叠着手帕，一边总结道，“等爸爸妈妈回来的时候，我要用一些不可思议的技艺让他们大吃一惊！”

阿加莎的父母也做着一份非同寻常的工作。作为周游世界的科学家，他们那时正在意大利特雷米蒂群岛的一个叫圣尼古拉斯的小岛上，忙着探索古老的中世纪修道院下蜿蜒的隧道。

“也许教拉里几个魔术戏法是个不错的主意，”阿加莎思忖着，“了解一些魔术技巧对一名侦探来说可能会很有用。一些江湖骗子会利用它们来掩盖自己的罪行，或者欺骗那些容易上当的可怜人。”

“你打扮得这么漂亮是要干什么？”一个惊慌的声音

冒出来，“你开始玩魔法了吗？这难道是一个命运的征兆……你能帮我解除诅咒吗?”

拉里出现在了花园的尽头。比平时更苍白、更憔悴的他，摇摇晃晃地走到他的堂妹和管家跟前。

“就像我刚对肯特先生说的那样，没有魔法这种东西。”阿加莎说。然后她讽刺地补充道:“魔法只存在于某些容易上当受骗的人的脑子里。”

“要是你走进了塞尔达夫人的帐篷，你就会改变想法的。”他哼了一声说道，“她是一个了不起的女巫，她猜到了一些她根本不可能知道的事情，还说有一个诅咒笼罩着我!”

“我觉得你们想要单独聊聊，”肯特先生很有分寸地插话道，“我要去准备五点的下午茶了。”

拉里一五一十地向阿加莎讲述了两个小时前发生的事情，没有落下任何细节。他一说完，阿加莎就像她每次思考的时候那样，轻轻摸了摸自己的小翘鼻。作为一个有志于成为侦探小说家的女孩，她能够随时调用自己的“记忆匣子”，就连最微不足道的细节她都能存储在里面。

“既然塞尔达夫人不可能知道我们生活中的所有信息，”拉里沮丧地说，“我不得不假设她确实有特殊的能力，那么她的预言很快就会应验！”

“可是，我却认为她只是一个非常狡猾的骗子，而你已经掉进了她的陷阱，”他的堂妹微笑着说，“你是个侦探，对吧？你应该去调查一下她，看看她是不是隐瞒了什么不可告人的事情。”

听到这些话，拉里瞪大了眼睛。

“哎哟，我的天呀，这是真的！”他嗟叹道，“与此同时，‘侦探眼’给我派了一个新任务。明天早上我得去爱尔兰的**戈尔韦**。”

戈尔韦

戈尔韦是爱尔兰西部的一座美丽城市，也是戈尔韦郡的首府。它正对着大西洋，坐落在科里布湖通往戈尔韦湾的入口处。这里有古老的13世纪建筑，也有现代化的滨海疗养地。戈尔韦是爱尔兰的文化中心，有“西部之都”的美称。它不仅渔业发达，还有丰富的旅游资源。

“那么，你就好好操心一下行程安排吧，别老想着什么诅咒了。”阿加莎善意地嗔怪他。

拉里耸耸肩道：“这是一项 E 级任务：是最简单的那种，涉及盗窃的物品价值不高。对高层来说，这类任务很烦人，他们通常会把这些事派给低年级的学生来测试他们的能力。不过，这段时间，一年级新生们正忙于考试，于是 UM60 想到了我。”在短暂的停顿之后，变得越发紧张的拉里又补充道：“哎呀，这简直就像我被降级了一样！你明白吗？诅咒已经开始应验到我身上了！”

阿加莎憋住笑，而拉里却十分焦虑。

“求求你了，阿加莎，跟我一起去吧。”他哀求道，“像这样的任务我自己或许也能应付得来，但我感觉很快就会有可怕的事情发生在我身上！”

“芬恩叔叔住在戈尔韦，”她提醒道，“我可以给他打个电话，看看他有没有时间帮我们一把。”

当这对堂兄妹在考虑第二天的行程安排时，肯特先生从厨房回来了。他保持着典型的英式优雅，端着一个

托盘，上面放着两个瓷杯和一个装满名贵乌龙茶的茶壶。“我们可以开那辆豪华小轿车，”他建议道，“只需要十个小时，明天早上我们就能到达目的地了。而且我们也不用操心去租交通工具了。”

阿加莎点点头，然后转向她的堂哥，眨了眨眼睛说道：“如果你觉得这个安排可行，那你还有时间回贝克大厦的公寓收拾行李，”她说，“别忘了带上雨伞和雨衣。众所周知，爱尔兰的天气是变幻莫测的。”

“别提雨伞了，”拉里叹了口气，“我更需要一个能抵御厄运的护身符。爱尔兰的象征是四叶草，对吧？啊，要是我能找到一片来驱散厄运就好了……”

听到这些话，似乎就连沃森也露出了疑惑的表情。

第二章

时间胶囊

当夜幕降临伦敦，将整座城市笼罩起来的时候，那辆豪华小轿车驶上了 M40 高速公路，朝着利物浦方向前进。在穿过**威尔士**，并经过那座将**安格尔西岛**和海岸连接起来的全景大桥之后，汽车登上了将于清晨时分抵达**都柏林**的夜间渡轮。

在经历了一夜的辗转反侧后，拉里睁开了眼睛。此时，肯特先生正驾车行驶在一条贯穿爱尔兰东西部的路线上。

威尔士和安格尔西岛

威尔士是英国的组成部分之一，位于大不列颠岛西部，东临英格兰，南濒布里斯托尔海峡，北与西濒临爱尔兰海。威尔士拥有丰富的历史遗迹和独特的文化，如古老的城堡、传统的威尔士语和音乐文化。

安格尔西岛是威尔士西北部的一个大岛，隔麦奈海峡与威尔士本土相望。岛上有博马里斯城堡等历史遗迹，且风景优美，拥有大片海湾和自然保护区，是徒步和观鸟的好去处。

都柏林

都柏林是爱尔兰共和国的首都及最大城市，也是爱尔兰的政治、经济、文化、旅游和交通中心。其地理位置极其靠近爱尔兰岛东岸的中心点，地处都柏林郡的利菲河河口、都柏林地区中心。

雨刮器全速运转着，但还是赶不上那猛烈的暴雨敲击车顶的节奏。

“这天气也太糟糕啦，”拉里一边伸了个懒腰，一边抱怨道，“感觉还完全是冬天呢。”

阿加莎从保温瓶里给他倒了一杯热气腾腾的茶。

“我觉得不用太担心，过不了多久乌云就会散去，”她说，“然后又会下雨，接着太阳又会出来……我们要去的康尼马拉，就是以其多变的天气而闻名的。”

拉里透过被雨水打湿的车窗观察着外面的景色。一片片黝绿色的田野被低矮的石墙分隔开来，在炭黑色的天空下绵延伸展。

“这都怪那倒霉的厄运，”他低声咕哝道，“你们等着瞧吧，这雨会一直追着我们不放的。要是咱们的车没被雷电击中，就已经是个奇迹了！”

“你不会又开始说蠢话了吧？”阿加莎哼了一声说道，“倒不如，你跟我们讲讲这次任务的情况吧！昨晚你一个字都没说……要是你想要得到我们的帮助，就得让我们搞清楚这到底是怎么一回事。”

拉里面色阴沉地看着 UM60 发来的档案。

“委托‘侦探眼’的客户是一位名叫查尔斯·达德利的人，他是戈尔韦一所中学的校长。”他开始说道，“昨天晚上，在他的学校发生了一起离奇的盗窃案，因为他是‘侦探眼’某位高层的老朋友，所以他决定麻烦我们来解决这个小问题。被盗的物品是一枚时间胶囊。但我不太清楚那具体是个什么玩意儿，或许是一种可以穿越到过去的装置?”

阿加莎咯咯笑着抚摸着蜷缩在她膝上的沃森。

“不是那样的，亲爱的拉里。**时间胶囊**是一种容器，用来妥善保存那些准备在未来某个时期使用的物品，”她解释道，“有些时间胶囊非常有名，比如亚特兰大的那个时间胶囊，是由游泳池改造而成的密室，里面存放着许多代表人类文明的物品，它于一九三六年启动，一九四〇年左右封闭，并将在八一一三年重新开启。”

“这么说的话，时间胶囊基本上就是为了让未来的考古学家们更省事儿，”拉里咧嘴笑道，“我都不知道还有这样的玩意儿！”

“许多时间胶囊其实只是由个人准备的简单盒子，”阿加莎继续说道，“还有一些是由协会、当地政府或学校在建筑物落成典礼或其他重大事件时放置的。里面存放的藏品包括当时的纪念品、报纸、录音、照片或硬币。通常，在埋藏的时候，会确定一个挖掘并重新开启时间胶

囊的日期……这可能是几十年之后，也可能是好几个世纪之后！”

“我们要找的这个时间胶囊体积较小。”拉里说。然后，他拿出了“眼线宝”，屏幕上出现了一张带有螺旋盖的金属圆柱体的照片。

“五十年前，那所中学的学生们把它埋在了戈尔韦的中心广场——**艾尔广场**，”他继续说道，“它是在前天被挖出来的，而今天，在埋藏五十周年纪念日之际，校长本打算在一场纪念

时间胶囊

时间胶囊是一种将具有代表性的物品或信息密封在容器中，并设定在未来某个特定时间开启的装置。1936 年，美国亚特兰大奥格尔索普大学启动了世界上第一个现代时间胶囊项目，由教育家索恩韦尔·雅各布斯提出，他将学校地下一个废弃的游泳池改造成一个密封、防水的密室，在里面存放了大量反映当时人类文明的物品，包括日常用品、经典文献的微缩胶卷、人类历史上的重要书籍等。这个时间胶囊于 1940 年左右封闭，预计将在 8113 年重新开启。

艾尔广场

艾尔广场位于爱尔兰戈尔韦市中心，是一个历史悠久的公共活动园区。它始建于 1710 年，以当时的戈尔韦市长爱德华·艾尔的名字命名。1965 年，为了纪念美国总统肯尼迪曾在此发表演说，广场被更名为约翰·肯尼迪纪念公园，但人们仍习惯称它为艾尔广场。这里不仅是游客休闲的好去处，也是当地居民聚会和举办活动的重要场所。

仪式上开启时间胶囊并展示里面的藏品，当年埋藏它的校友们也受邀参加这个仪式。”

“但昨晚有人把它偷走了，我猜是这样吧。”肯特先生说着，视线一刻也没有离开过汽车的挡风玻璃。拉里理了理他那一头乌黑的乱发。

“这肯定只是爱开玩笑的家伙干的好事，”他哼了一声说道，“当年初二 C 班的学生们在时间胶囊里放的都是些不值钱的东西。谁会对这些东西感兴趣呢？再说了，E 级调查的案件涉及的向来都是那些小偷小摸的事情……要不是厄运一直纠缠着我，我眨眼间就能把这案子给破了！”

沃森竖起了一只耳朵。突然，噼里啪啦的雨声停了。顷刻间，云朵被大西洋的海风吹得无影无踪，周围的景色焕然一新。田野的绿色之上横跨着两道绚丽的彩虹。

“你不是说暴风雨会一直缠着我们吗，拉里？”阿加莎调侃道。

八点半的时候，这一行人正沿着戈尔韦的一条中央街道多克街走着。五颜六色的房屋点缀着密集的运河网络。远处，这座美丽小城所处的海湾在晨光中熠熠生辉。灰色的海面上泛起了白色的浪花。

雨又开始淅淅沥沥地下了起来。

“戈尔韦与康尼马拉地区相邻，”阿加莎说道，“这里是爱尔兰最受欢迎的旅游目的地之一，它那富有历史气息的迷人氛围能俘获所有人的心。”

鱼贩的店铺一家接一家地拉起了卷帘门，刚捕捞上来的生蚝被摆在货摊上。沃森在各家店铺间跳来跳去，寻找着美味的食物。

“你联系芬恩叔叔了吗？”拉里问道，“我对他没什么印象了……他是个雕刻家什么的，对吧？”

“他在港口这边的工作室里等我们吃早餐呢。”阿加莎说，并没有理会拉里的问题。然后，她在沃森扑向货摊上的一大块极其新鲜的三文鱼前，及时抓住了它的颈背。

芬恩·米斯特里的工作室在一间大仓库里，半掩的门里传出了钢锯的声音。拉里惊奇地注视着这个庞大的建筑。

“妈呀，我的天，他在里面捣鼓什么呢?”

阿加莎没有回答，而是径直走进了入口，其他人紧随其后。

他们首先看到的是一座教堂的微缩模型，教堂外观庄严肃穆，配有一座近两米高的塔楼和装饰精美的彩色玻璃小窗。塔楼上的时钟指向九点，一口微型钟开始敲响。

“真是了不起。”肯特先生简洁地评论道。

“这是爱尔兰最著名的都柏林圣帕特里克大教堂的微缩版。”阿加莎解释道。拉里禁不住吹出一声赞叹的口哨。

这个大房间里摆着数十个微缩模型。中世纪的城堡高高耸立在破败的塔楼旁边，古老的教堂与现代建筑共享着整个空间，还有一些自然景观的缩影。最令人惊叹的是一座用石膏雕刻而成的岩石峭壁，它从一片由玻璃制成的波光粼粼的海面中拔地而起。

“那是马拉海德城堡，”阿加莎一一道来，“那是克恩城堡的塔楼。而在那边尽头，是**莫赫悬崖**，以其令人窒息的美景而闻名，离这里只有几公里。”

“就是说，芬恩叔叔正在重建……整个迷你爱尔兰！”拉里惊呼道。

“没错，亲爱的侄子，”一个愉快的声音说道，“我是个模型制作师，我的缩微雕塑在世界各地都很有名呢！”

莫赫悬崖

莫赫悬崖位于爱尔兰岛中西部的边缘。悬崖面向浩瀚无际的大西洋，以奇险闻名。它的最高点高出大西洋海平面214米，沿着爱尔兰西海岸绵延8千米。同时，莫赫悬崖也是爱尔兰最重要的海鸟栖息地，每年有超过3万只海鸟在那里繁殖后代，同时悬崖上还生长着许多珍稀植物品种。

这声音来自房间中央，那里是整个工作室的亮点：一座满是古老石结构遗迹的岩石岛屿。

一个四十岁左右的男人从这个微缩景观后面走出来，他身材短小、体格结实。他留着一把火红色的大胡子，戴着一只很大的钟表匠用的放大镜，这让他的右眼显得格外突出。他的工装口袋里露出了各种制作模型的工具，如美工刀、小木条、胶水管和细画笔等。

芬恩叔叔指着他正在制作的这件作品。

“我给你们介绍一下我的最新作品：矗立在戈尔韦湾伊尼什莫尔岛上的史前要塞——**邓恩·安格斯城堡**，”他些许得意地说道，“要把每一块岩石碎片都放在准确的位置上真是一项艰巨的工作。但我的座右铭是：‘芬恩·米斯特里的模型比真品还要更真实！’呃，顺便说一句，阿加莎，你能不能管管你的大猫？虽然我的作品都很坚固，但最好还是不要冒险……”

邓恩·安格斯城堡

邓恩·安格斯城堡位于爱尔兰阿伦群岛中的最大岛屿伊尼什莫尔岛上，是一座古老的要塞遗址。它建于约4000年前，呈半圆形，坐落在海边悬崖上，三面环海，地势险峻。城堡由多层石墙组成，中心是一个开阔的庭院，石墙上有许多入口和通道。这里不仅是重要的历史遗迹，也是游客欣赏大西洋美景的绝佳地点。

被钟声吸引的沃森，爬上了大教堂的塔楼，正试图用爪子去抓住这口微型钟。阿加莎脸一红，赶紧跑过去把它抱了下来。

“嗨，拉里，你还好吗?”芬恩拍了拍他的肩问道，“你脸色苍白得像张纸，看起来就像是刚参加完葬礼回来!”

“如果我找不到办法摆脱一直缠着我的厄运，你们很快就得为我举办葬礼了。”他叹了口气说道。

“拉里的意思是说，他接到了一个新的调查任务，”阿加莎抱着西伯利亚猫插话道，“既然您对这一带非常熟悉，也许您能帮上忙。”

芬恩用拳头捶了捶自己的胸口。

“米斯特里家族的成员向来都是互相支持的，不是吗?”他嗓音洪亮地说道，“你们算我一个。是什么样的调查?我们要去抓住一个危险的杀人犯，一个国际知名的窃贼，还是一个卑鄙的走私犯?”

“首先，我们要去拜访一所中学的校长。”阿加莎微笑着说道。

第三章

毫无线索

九点半的铃声还没响完最后一声，戈尔韦中学的走廊上就已经回荡着孩子们的喊叫声了。学生们要对这段短暂的休息时间物尽其用：最高年级的男生们用海绵球即兴玩了一场足球比赛，而一些十三岁左右的女生们则在角落里闲聊。

阿加莎一行人来到了校长办公室。这个房间收拾得井井有条，窗边有一个精心编目的档案柜。

查尔斯·达德利正在一张红木桌子后等待着侦

探们。他是个四十岁左右的男子，正专心地咬着眼镜腿儿。

和他在一起的还有一位留着浓密花白胡须的老人。

一看到肯特先生和芬恩叔叔，校长就立刻跳起来和他们握手。

“你们可算来了！”他如释重负地说道。然后，他又

用怀疑的目光瞥了两个年轻人一眼。“你们俩在这儿干什么呢，年轻人？你们怎么没待在你们的教室里？”

“其实……我才是侦探呢。”拉里有气无力地抗议道。

达德利皱了皱眉。

“不管怎么说，我很高兴你们答应来帮助我们，”他接着说，“刚刚发生的这起盗窃事件实在是太令人懊恼了，但我相信，在你们的帮助下，我们一定能抓住那个跟我们开这种恶劣玩笑的家伙！”

“您能给我们讲讲事情的经过吗？”芬恩叔叔问道。

“前天，那个时间胶囊从艾尔广场的地下被挖了出来，”达德利边说边扶了一下眼镜，“我们本来打算今天打开它，正好是初二C班的学生埋下它的五十周年纪念日。如今那些学生都已经六十多岁了，大部分还住在附近。今天早上他们本来是要来这里参加纪念活动的，而被挖掘出来的物品本来要在市博物馆的现代文物区展出一段时间。”

“那个时间胶囊里没有什么贵重物品，对吧?”阿加莎问道。

“都是当时流行的一些玩具，”校长嘟囔着说，“这就是为什么我确信这是一个恶作剧，一个非常无趣的恶作剧。”

“罪犯留下了什么线索吗?”拉里问道。

达德利摇了摇头。

“他肯定是在晚上八点半之后偷偷溜进来的，因为我就是在那个时候离开办公室的。他把档案柜右边第三个抽屉里的时间胶囊偷走了，然后就消失得无影无踪。说实话，要完成这个‘壮举’也并不需要什么专业技术。因为学校大门是常开着的，这个房间也从来都不锁门……”

“是谁发现东西被盗了?”阿加莎问道。

那个一直没说话的大胡子老先生清了清嗓子，然后开了口。

“我是威尔伯，学校看守人。”他自我介绍道，“我负责夜间看守这栋建筑。在八点四十五分左右，我发觉有些不对劲：在经过达德利先生的房间时，我注意到门是半掩着的。于是我探头往里面看了看，发现抽屉是开着的，于是就立刻拉响了警报。可惜的是，那个坏蛋已经溜之大吉了。”

“这里没有摄像头或者其他安保系统吗？”拉里追问道。

校长摊开双臂说道：“这是所中学，小伙子，又不是个存金条的仓库！我再和你们说一遍，我们一点儿线索都没有，任何人都可能是小偷。另外，如果我已经有了嫌疑对象，我早就报警了，你们不这么认为吗？”

阿加莎咬了咬嘴唇。

“有时候，没有线索本身也可能是一种线索。”她有些神秘地评论道。

在场的每个人都好奇地看着她。这个准作家开始在房间里来回踱步。

“校长先生，您是在八点半离开您的办公室的，”阿加莎若有所思地说道，“而看守人是在八点四十五分发现时间胶囊被盗的，对吗?”

达德利和威尔伯同时点了点头。

“那么，小偷只有十五分钟的作案时间，”她继续分析道，“这是一个非常短的时间段。而且，房间没有被翻得乱七八糟，对吧?”

“我可以确认，一切都井井有条。”看守人说道。

“这就表明这个小贼是有明确目标的，”阿加莎推断道，“他知道达德利校长把时间胶囊放在了档案柜右边的第三个抽屉里。除了你们两位，谁还知道这个信息?我们应该在那些人当中寻找罪犯。”

“要我说，这是一个非常精彩的推理。”肯特先生评论道。

达德利又开始咬他的眼镜腿，然后突然眼前一亮。他跳到桌子后面，打开电脑，开始在键盘上忙活起来。

“只有那么一次，我曾提到我把时间胶囊放在了哪个确切位置，”他回忆道，“就是在群发给初二 C 班的校友们的电子邮件中！瞧，这就是往来邮件的全文……”

然后，达德利离开了电脑，开始在文件夹中翻找。很快，他递给拉里一张小纸条和一张泛黄的照片。照片上是五个学生，他们正把一个金属圆筒放进地上挖好的一个洞里，旁边一位上了点儿年纪的女教师目光慈爱地注视着他们。

“他们就是初二 C 班的老校友们，”达德利解释道，

“而纸条上则记载了他们的名字以及他们放进时间胶囊中的物品。”

就在阿加莎走近电脑时，拉里开始大声朗读那份名单：

保罗·沃尔什（一把锡制勺子）

马丁·弗拉赫蒂（一本童话书）

莫莉·奥谢（一只毛绒骆驼玩偶）

帕特里克·奥康纳（一个四叶草形状的吊坠）

肖恩·多赫蒂（一个带浮标的钓鱼钩）

“这些东西都相当有意思。”肯特先生说道。

“很明显，这个小偷是想跟他的老同学们开个玩笑，”拉里嘟囔道，“偷这些无聊的小玩意儿没别的理由！”

“马丁·弗拉赫蒂后来怎么样了？”阿加莎问道。所有人的目光都转向了她。她已经在校长的扶手椅上坐了下来，眼睛紧盯着电脑屏幕，手指在鼠标滚轮上滑动。

“达德利先生，我看到这封电子邮件只发给了名单上五个名字中的四个人，”她礼貌地解释道，“收件人中没有马丁。他更喜欢用电话而不是互联网吗?”

校长耸了耸肩。

“他是唯一一个我没能联系上的人，”他叹了口气说道，“我做了很多调查，但他的踪迹在三十多年前就消失了。也许他已经去世了，或者移居到别的国家了……”

“不管怎么说，他都应该被排除在嫌疑名单之外，”芬恩叔叔一边捋着胡子一边推理道，“您能跟我们讲讲其他四个人吗?”

“肖恩、莫莉和保罗从没离开过康尼马拉，”达德利回答道，“而帕特里克·奥康纳则在几年前搬到都柏林去了，但最近几天他回到了戈尔韦来参加活动。我有他们每个人的地址。”

阿加莎猛地从桌子前站起来。

“我们只需要逐个询问他们就行了，”她宣布道，

“并核实一下盗窃发生时他们的不在场证明。谁无法证明那天晚上八点半到八点四十五分之间自己在哪儿，谁就是这场恶作剧的罪魁祸首。”

帕特里克·奥康纳在一家位于市中心布里奇街的四星级酒店订了房间。在向酒店前台打听了几句后，阿加莎等四人以及那只西伯利亚猫在酒店大堂找到了他。照片中那个瘦弱的男孩如今已成了一位头发花白、衣着考

究的六十多岁老人。他正在享用当地特色早餐，有新鲜的牡蛎和涂了黄油的面包。他的面前摆着三部手机，铃声此起彼伏。他一边大口吃着，一边大声下达指令："买入!""卖出!""再等等!"

当看到阿加莎等人走近时，他恶狠狠地瞪了他们一眼。

"达德利刚刚给我打了电话,说你们要来问我几个问题，"他边说着，边示意他们坐下，"你们也看到了，我现在非常忙，所以咱们尽量快点儿吧!"

"您从事金融领域的工作吗？"阿加莎试探性地问道。

奥康纳点了点头。"我是戈尔韦本地人，"他生硬地回答道，"我父亲在城里有一家珠宝店，我继承了下来，然后就把它卖掉了。之后我搬到了都柏林，成了一名成功的股票经纪人。"

"达德利告诉我们，您专程回来参加时间胶囊开封仪式，对吗?"阿加莎继续问道。

“我两天前就到了，正好是他们挖出那个金属筒的时候。”他确认道。然后，他露出一丝狡黠的笑容补充道：“我迫不及待地想见见那些失败的老同学了，他们一辈子都没有离开过这里，这辈子也没取得过什么成就。但是，显然，那个聚会泡汤了。我今晚就要回都柏林，还有工作在等着我呢！”

“嗯……那盗窃发生的时候您有不在场证明吗？”拉里直接问道。

帕特里克·奥康纳拿起一部手机，下达了购买一家著名电脑公司一万股股票的指令。然后他朝酒店大堂的玻璃窗示意了一下。在布里奇街的另一边，有一家酒吧的入口。

“校长已经通知过我了，我就知道你们会问这个问题，”他语气坚定地回答道，“但碰巧的是，我整个五月六日晚上都待在那家老酒吧里。你们可以去问问看，至少有二十个证人可以证明我是晚上七点进去的，一直待到午夜才离开。”

“这就要把他从嫌疑名单上划掉了。”芬恩叔叔评论道。

在沃森贪婪目光的注视下，这位六十多岁的老人吞下了几只牡蛎，然后以一种神秘兮兮的口吻继续说道：“如果你们想听我的意见，这次恶作剧的罪魁祸首只能是马丁·弗拉赫蒂！”

“那个失踪的学生？”肯特先生扬起一条眉毛问道。

“他可能改了身份或者干了诸如此类的事，”奥康纳低声说道，“他这么做可能是为了最后再捉弄我们一下，好报仇雪恨。我本来还挺想拿回那个我放在金属筒里的塑料四叶草的，那可是我的幸运符呢。”

“我也挺需要一个那样的幸运符……”拉里叹了口气。

“马丁一直是个坏小子，五十年前他就是学校里的捣蛋鬼了，”这位股票经纪人接着说，“这一点儿不会让我感到惊讶：瞧瞧他的家庭背景就知道了！他父亲安格斯是个抢劫犯，最终因他的恶行而入狱。我记得他被捕的那天，正好是我们埋下时间胶囊的那天，他被指控抢劫了我家的珠宝店！”

“同一天？”阿加莎非常好奇地问道，“您确定吗？”

“当然，我的记性好得很，”奥康纳斩钉截铁地说，“那个坏蛋从我父母那里偷走了一枚沉甸甸的纯金戒指。而且，相信我，他的儿子马丁和他一模一样。尽管我们已经很多年没有他的消息了，但我敢肯定这次时间胶囊被盗的幕后黑手一定是他！”

说完，奥康纳又拿起了另一部电话，并示意他们离开。

谈话就这样结束了。

第四章

玛格丽特·乔伊斯的传说

时钟刚过十一点，天空再次变得灰暗，好像一张被泼上了墨水的纸。

狂风阵阵，把一片片雨水猛拍在戈尔韦图书馆的窗户上。

这个时候，图书馆里几乎空无一人。只有寥寥几个访客在书架间徘徊，取下几本满是灰尘的书。阿加莎与图书管理员低语了几分钟后，便迈着坚定自信的步伐走进了一条侧廊。

拉里气喘吁吁地赶上了她。

“你能不能好好给我们解释一下，我们来这儿到底是为什么呀?”拉里问道。

“我只是想看看过刊室，”阿加莎平静地回答，“并且对帕特里克·奥康纳提到的那起旧劫案做一番小小的调查。”

“呃……过刊……是什么?”拉里皱着眉头打断道。

“就是把过去的报纸和期刊有序整理并收藏汇总，以便公众查阅，”芬恩叔叔解释道，“现在，在互联网时代，这些档案大多是数字化的，而在以前，这些报纸和期刊只能被存放在各个图书馆里，是实体档案。几十年前的全国性和地方性报纸都以纸质副本或者微缩胶片的形式保存在那里，任何想要查找旧闻的人都可以去查阅。”

过刊室是位于地下室的一间房间。阿加莎在接下来的半个小时里都在专心进行她的研究。她从一个抽屉里取出一些微缩胶片，然后将它们插入一台奇怪的机器中，这机器看起来像一台老式电脑，配有一个亮亮的屏幕和一对旋钮。每次屏幕上都会显示出一份可追溯到半个世纪前的报纸的头版。

沃森像个国王一样舒适地坐在一张椅子上。拉里则紧张地在房间里来回踱步，远处传来的每一声惊雷，都会让他吓一跳。

“奥康纳说得没错，”终于，阿加莎开口说道，“五十年前，安格斯·弗拉赫蒂确实抢劫了他父亲巴里·奥康纳的珠宝店，这一消息在当地媒体上引起了不小的轰动。”

其他人好奇地凑了过来。

“安格斯是个头脑简单的人，一个来自杜林的贫苦农民，那个村子离戈尔韦不远，”她继续说道，“那年五月六日的夜晚，他去了奥康纳家的商店。在夜色的掩护下，他撬开了门锁，走了进去。之后他把店里翻了个底朝天，但只偷走了一件珠宝，也是所有珠宝中最珍贵的一件：一枚十七世纪的纯金**克拉达戒指**，上面刻有首字母 M.J.。”

“这样一件珠宝一定价值连城。”芬恩·米斯特里评论道。

“日期是吻合的，”阿加莎继续说道，“就像奥康纳所说的那样，安格斯·弗拉赫蒂在五月八日被逮捕并关进监狱。在审判过程中，他承认了自己的罪行，并被判处二十年监禁。”

克拉达戒指

克拉达戒指是爱尔兰的传统婚戒，是爱尔兰文化遗产的一部分，象征着爱、友谊和忠贞。它的整体式样是两只手捧着一颗心，心上戴着王冠，意思是“我向你双手奉上我的心，并冠以我的爱”，还有一个意思是“让爱和友谊永远主宰”。克拉达戒指诞生于公元 17 世纪的爱尔兰克拉达渔村，这个渔村就坐落在戈尔韦城的老城墙外。戒指的传说已在爱尔兰延续了 400 多年。

“这可是个重罚。”肯特先生沉思道。

“这是因为他从来都不配合司法部门，”阿加莎解释道，“他又固执又骄傲，一直拒绝交代他把赃物藏在了哪里。那枚克拉达戒指一直都没有被找到，安格斯最终在监狱里度过了余生，并把这个秘密也一并带进了坟墓。警方推测，这个男人可能是在意识到自己被追捕后，为了摆脱他们而把赃物扔进了海里。”

阿加莎从椅子上站起来，伸了个懒腰。

“简而言之,奥康纳珠宝店抢劫案仍然是一个未解之谜，俗称悬案,”她总结道，“随着岁月流逝，人们已经渐渐忘记了这个悲伤的故事。”

“非常有意思，”拉里讽刺道，“但这件乡下的陈年旧事和我们的调查有什么关系?”

阿加莎眨了眨眼:“你还没明白过来吗? 你还记得小马丁·弗拉赫蒂在时间胶囊里放了什么吗?”

“一本童话书,”拉里喃喃道，“但这个和……”

突然间，拉里似乎灵光一闪，睁大眼睛，他用手捋了一下额前的头发，惊呼道:“对呀，我明白你想说什么了！也许安格斯·弗拉赫蒂把戒指藏在了他儿子的那本书里，而这本书被封存在了时间胶囊里，被埋藏了五十年！这就可以解释为什么戒指一直没有被找到了。”

“不过，也有可能是马丁本人，或者他的某个同学发现了这个细节，”芬恩叔叔揉搓着他的胡子继续分析道，“然后他就偷走了时间胶囊，为的是找回那件几乎被所有人遗忘的宝贝！”

“有这种可能。”阿加莎赞同道，“这也解释了为什么小偷会对一个看似毫无价值的物品产生了兴趣。”

拉里又开始坐立不安，比以往任何时候都更加紧张。

“这可不是什么E级调查的小案子，”他紧张地说道，“这绝不是个小偷小摸的事儿！现在牵涉到的可是一枚十七世纪的纯金克拉达戒指，大家都以为它已经永远消失了。对了……顺便问一下，克拉达戒指到底是什么？”

芬恩叔叔爆发出一阵爽朗的笑声。

“亲爱的侄子，要给你解释这个的话，那最好的方法就是带你去戈尔韦那个以此命名的克拉达区走一趟了，几个世纪以来，那些传奇的戒指就是在那儿打造的！”

“好主意，”阿加莎说道，并开始朝门口走去，“而且，那儿也住着我们的第二位嫌疑人，肖恩·多赫蒂！”

当一行人到达克拉达港的小码头时，已经快一点钟了。

强劲的风再次吹散了乌云，阳光照得码头上的积水闪闪发光。一只海鸥尖叫着俯冲入海浪之间，当它再次出现时，喙里叼着一条小鱼。沃森盯着它，舔了舔自己的胡子。

“在**盖尔语**中，‘克拉达’的意思是‘岩石海滩’，”芬恩叔叔解释道，“正是在这个极其古老的村庄，在大约十七世纪时，第一批以此命名的爱尔兰戒指被锻造出来。通常，这些戒指由两只手捧着一颗顶着皇冠的心组成——双手表示友谊，皇冠象征忠诚，而心自然代表爱。”

> **盖尔语**
>
> 盖尔语是爱尔兰的传统语言，属于印欧语系凯尔特语族。它有着悠久的历史，最早的文字记录可以追溯到公元4世纪。盖尔语是爱尔兰文化的重要组成部分，承载着丰富的民间传说和传统。

“这种珠宝几乎随处可见，”阿加莎评论道，“我甚至在伦敦露天市集的小摊上都看到过，也就只有几英镑，而那些老式的、由贵金属制成的戒指则被视为真正的杰作：其中一枚就陈列在伦敦的**维多利亚与艾尔伯特博物馆**。”

“而安格斯·弗拉赫蒂偷走的那枚戒指可能更加珍贵。”芬恩叔叔神秘地说道。

拉里好奇地看了他一眼。

“我一直在想上面刻的那两个首字母，M.J.，”他继续低声道，“也许我搞错了，但我在想，它会不会就是传说中的玛格丽特·乔伊斯的那枚克拉达戒指：在爱尔兰制作出的第一

维多利亚与艾尔伯特博物馆

维多利亚与艾尔伯特博物馆位于英国伦敦，为纪念艾尔伯特亲王和维多利亚女王而命名。它始建于1852年，馆内拥有超过230万件藏品，涵盖从古代到现代的雕塑、绘画、珠宝、家具、纺织品等。博物馆的建筑风格典雅，内部装饰精美，还经常举办各种临时展览。

枚克拉达戒指！要是那样的话，那么它的价值将是……无法估量的。”

“如果我没记错的话，**玛格丽特·乔伊斯**是十七世纪生活在戈尔韦的一位贵妇人。”阿加莎回忆道。芬恩·米斯特里点了点头。

“根据传说，这位贵妇人从一只鹰那里收到了第一枚克拉达戒指，作为对她善行的奖赏。”阿加莎吐字清晰地说道，“民间传说认为，这是一种能够实现佩戴者愿望的神奇护身符！”

玛格丽特·乔伊斯

玛格丽特·乔伊斯是爱尔兰著名作家詹姆斯·乔伊斯的妹妹。据说，玛格丽特·乔伊斯嫁给了一名西班牙商人并跟随他去了西班牙。商人去世后，她带着遗产回到爱尔兰，并嫁给了当时的戈尔韦市长。出于慈善，玛格丽特用她继承的遗产资助了康诺特省的桥的建设。有一天，一只鹰衔来了一枚克拉达戒指，并把它放在玛格丽特的膝盖上作为回报。

听到这句话，拉里像被雷击中一样骤然一震。

“哎呀，我的天啊，我有救了！”他高声喊道，“这是命运的预兆：我们会找到那枚戒指，在把它归还给警方之前，我会在我的手指上戴一会儿。这样，我就能摆脱塞尔达夫人所说的诅咒了！”

瞬间，拉里的脸色恢复了红润。兴奋之下，他开始在积水坑间来回跳跃。

芬恩叔叔困惑地看了侄女一眼。

“诅咒？塞尔达夫人?”芬恩叔叔困惑地重复道。

“说来话长，”阿加莎耐心地说，“不过现在我们需要专注于这次的任务：根据从达德利那儿得到的信息，肖恩·多赫蒂是一位退休老人，他每天都在这里的港口消磨时间，全身心地专注于他最大的爱好——钓鱼。要想找到他，应该不难。”

他们只需向附近正在等待鱼儿上钩、已经在打瞌睡的渔民打听一下就够了。

“那个爱发牢骚的肖恩吗？”其中一个渔民打趣道，“他在码头的尽头，一个人待着呢，就跟往常一样。”

然后他指了指站在木制码头尽头的一个瘦削的

男人。那人背对着他们，身穿一件黄色的雨衣，戴着兜帽。

他手里拿着一根钓竿，旁边放着一个装满沙丁鱼的桶。

“沃森……你在干吗?”阿加莎担心地喊道。

只见那只西伯利亚猫已经悄悄溜到肖恩的鱼桶旁边，用爪子猛地一拍，一条沙丁鱼被拍了出来，它迅速在空中一口叼住，转眼间就跑掉了。

“你这个小毛贼，马上给我回来!”肖恩怒吼着，立刻追了上去。而此时，那只猫已经躲进了主人阿加莎的怀里。

赶到他们面前时，肖恩脸色阴沉、目光犀利地打量着这群新来的人。

肖恩瘦削且晒得黝黑的脸上布满了皱纹，但他的眼中依旧保持着年轻人的活力。

“那只小畜生是你们的吗?”他气呼呼地说，“你们应该用绳子拴住它，或者把它关在笼子里，它刚刚偷了一条我的鱼!”

“而您呢，在有相反证据之前，可是被怀疑从查尔斯·达德利的办公室偷走了时间胶囊的人。”拉里一口气说完，比以往任何时候都更加坚定，“我们是‘侦探眼’的侦探，需要核实您在五月六日晚上八点半到八点四十五分之间的不在场证明。所以，别啰嗦，请配合回答我们的问题!”

第五章

逃亡者

面对拉里坚定的态度，肖恩·多赫蒂的表情变了。

“孩子们，你们可别随便指控人啊，”他紧张地笑了笑，“你们想知道我那天晚上在哪儿？很简单：就在码头这边……和往常一样！你们随便问问谁都行。我喜欢钓鱼，自从我退休后，这就是我唯一的消遣了！”

一位走过来的渔民点了点头。“确实，肖恩比钟表还准时，”他笑着说，“他中午就到这里，然后一直待在码头尽头，直到天黑。不论下雨还是天晴，他总是穿着那件雨衣，拿着同样的钓竿。”

“他只在晚上七点的时候休息十分钟，去后面的小酒馆啃个三明治，喝杯黑啤酒。”另一位渔民补充道。

“那天也不例外，”第三个渔民说道，“不过，我记得，那天你钓鱼可不太顺。我瞥了一眼你的桶，发现里面只有半桶鱼……你是不是老啦，伙计?”

“管好你自己和你的鱼，”肖恩恼火地回答，“我不可能每次都那么幸运。”

“这些证词已经可以证明他的清白了。”芬恩叔叔说道。

拉里皱了皱眉。“换句话说，咱们又白忙活了一场。”他叹了口气。

“对于时间胶囊被盗这件事，我感到很遗憾，”肖恩说，“我倒是很希望能找回我小时候藏在胶囊里的那个浮标。而且，我也挺想见见我的老同学们。”

“对了，您了解马丁·弗拉赫蒂的情况吗?”阿加莎问道。

“很遗憾，不知道。”肖恩回答道，“他是个有点儿古怪的人。在那场骇人听闻的抢劫案之后，他就不再来学校了，从那以后我就再也没有听到过他的消息。唯一可能知道他情况的人是莫莉。”

“莫莉·奥谢？”拉里问道。“你们的同班同学？”

“是的，她和马丁当时是好朋友，”肖恩声音中带着一丝怀念，“如果我没记错的话，即使他辍学之后，他们也还在继续来往。”

“莫莉现在住在罗萨维尔，在海湾对岸的一个小村庄，从这儿开车过去大约要四十分钟。”阿加莎插话道，“我们可以去拜访她。”

“莫莉以前是一名护士，很久以前，她为了实现自己的梦想而改变了职业，转行开了一家玩具店，”肖恩解释道，“要找到她很容易，因为那是村里唯一的一家玩具店！”

半小时后，豪华小轿车飞驰在康尼马拉原生态的风景之中。点缀着红色小花的、看上去有些许荒凉的草地，缓缓地向面朝大海的陡峭悬崖倾斜下去。成群的水鸟在缀满松软白云的空中盘旋飞舞。

“罪犯肯定是莫莉，”拉里斩钉截铁地说道，“马丁肯定跟她讲过把戒指藏在了童话书里的事。所以，五十年后，这个狡猾的女人决定干一票，偷走时间胶囊！”

肯特先生清了清嗓子，极其谨慎委婉地问道：“您不觉得现在下这个结论有点儿过早了吗?”

“不过，我也注意到那位女士身上确实有件奇怪的事，”阿加莎评论道，“翻阅达德利的往来电子邮件时，我注意到她是唯一一个拒绝参加重新开启时间胶囊仪式的人。当她的老同学们问她原因时，她没有给出任何解释。”

“看来她早就计划好要把那个胶囊据为己有了！”拉里笃定地喊道，“现在我们只需要把她逼到墙角，然后让她认罪招供就行了。”

两点多的时候，这一群人正在罗萨维尔的街道上四处寻找，这是一个围绕着小海湾而建的宜人小村庄。

渔船懒洋洋地漂浮在水面上，街道上几乎空无一人。

他们很容易就找到了那个玩具店，但当拉里到达门口时，他却像被定住了一样停住了脚步。店门紧闭，一张手写的告示上写着“暂停营业”。

“如果你们在找莫莉，那就是在浪费时间。”一个声音传来。

在街道的对面，一个推着婴儿车的女人正路过。

“她的店至少已经关了十天了，”她解释道，然后她指向俯瞰城市的一座开满鲜花的小山丘，上面有几座色彩斑斓的小房子，“现在想起来，从那时起她就再也没下过山。谁知道呢，说不定她中了彩票，正在度假呢！”

拉里一屁股坐在马路边，垂头丧气。

“哪有什么彩票，”他沮丧地嘟囔道，“她把我们耍了！毕竟，她比我们早了两天行动：没准这会儿她已经转手卖掉了戒指，正躺在某个热带海滩上晒日光浴呢。而我呢，我的余生都要被厄运缠身了！”

阿加莎走近她的堂哥，将一只手搭在了他的肩上。

“你不要还没搞清楚状况就自己把自己愁坏了。”她安慰道，“我们为什么不查一下莫莉的地址，看看究竟发生了什么?”

几分钟后，肯特先生把豪华小轿车停在了一栋古色古香的红色的小别墅前，周围是一个精心打理的花园。从别墅门前看出去的景色非常壮观：乌云再次聚集，遮住了太阳。

当侦探们靠近门口时，一个清脆的声音传来。

“早上好，你们在找谁?”

一位女士从一片灌木丛后探出头来，她有一头白色的鬈发和一双活泼的灰蓝色眼睛。

“我们在找莫莉·奥谢夫人。”肯特先生微微鞠躬回答道。

“请叫我小姐，”她略带调侃地回答，“我就是，请进吧!”

“呃，哦，她还没跑掉。”拉里在他们穿过大门时低声对堂妹说。然后，当那位女士从灌木丛后出来时，拉里不禁惊讶地叫出了声。

莫莉·奥谢坐在轮椅上。她的右腿向前伸展，裹着厚厚的石膏。

“我觉得要下雨了，”她看着天空说道，“你们为什么不进屋坐坐呢？我给你们泡杯热茶，我们可以慢慢聊。”

没过多久，阿加莎和她的同伴们穿过了一楼的走

廊。柔软的毛绒玩具随处可见，几乎所有的椅子和沙发上都摆满了。沃森狐疑地打量着它们。肯特先生则表现得很绅士，他推着莫莉的轮椅在前面引路。

“真是太倒霉了，尤其是因为我一个人住，”莫莉叹了口气，“十天前，我在拧灯泡时从梯子上摔了下来。胫骨和腓骨多处骨折……至少要休养两个月。”

“这就解释了为什么她的店关门了。”拉里对阿加莎低声说道。

“也解释了为什么莫莉拒绝出席仪式。”阿加莎思索着说。

“不管怎么说，罪犯不可能是她了。”芬恩叔叔低声说道，“以她的状况，不可能偷偷溜进中学。校长办公室在三楼，而且还没有电梯！”

这时，外面又下起了倾盆大雨，大家在颇具乡村风格且温馨舒适的厨房里坐了下来。阿加莎注意到冰箱上用四叶草形状的磁铁贴着手写的食谱、便条，以及待付的账单。

肯特先生自告奋勇提出由他去泡茶。他从炉灶上方的架子上拿下杯子和茶壶，然后就忙活起来。

“达德利打电话告诉我你们要来拜访。”莫莉带着和蔼的微笑说道，“我猜你们应该已经明白，我不是那个偷走时间胶囊的捣蛋鬼，但如果你们还有其他问题，我很乐意回答。五十年前，我在那个圆筒里放了我心爱的墨菲，一只柔软的毛绒骆驼……我真的特别希望能再次抱抱它。所以，如果能帮助你们抓住罪犯，我会很乐意帮忙的。”

“嗯……您和马丁·弗拉赫蒂当时是好朋友，对吗？”拉里问道。

“哦，当然。尽管外表看起来不怎么样，但他是个挺招人喜欢的小伙子呢！”她俏皮地说道。

“您还记得关于奥康纳珠宝店抢劫案的细节吗？”阿加莎礼貌地问道。

莫莉的表情突然变得阴沉起来。

“我记得那件令人心碎的事，”她苦涩地说道，“可怜的马丁跟那事儿压根就没关系，却因为安格斯的愚蠢行为而遭了殃。在那次不幸的事件之后，他不得不辍学，去照顾他已入狱的父亲留下的田地。更别提杜林那些到处嚼舌根和搬弄是非的人了。很快，他就成了村里的笑柄：没有人愿意和一个抢劫犯的儿子打交道。”

“多么让人郁闷的故事。”芬恩叔叔评论道。

“在这之后的三年里，我还一直和他来往，直到他离开了村子。”莫莉叹了口气，带着几分忧郁，“他再也忍受不了那些关于他的流言蜚语了，他想在别的地方重新开始。从那以后，我就再也没见过他。真的很不公平，要知道这也不完全是安格斯的错……”

拉里怀疑地盯着这位女士。

“嗯，可他毕竟是个抢劫犯。”他评论道。

莫莉的脸上浮现出一抹狡黠的笑容。

“从奥康纳家偷走的戒指原本就是属于安格斯的，”她透露道，“安格斯在犁地时偶然发现了它。他当时并没有意识到它的真正价值，于是把它拿去给那个狡猾的巴里·奥康纳估价。那狡猾的珠宝商声称这只是个赝品，并以极低的价格买下了它。”

“原来……这是一场彻头彻尾的骗局！”拉里惊讶地说道。

肯特先生把装着热茶的托盘放在了桌子上。

喝了一大口茶后，莫莉继续讲完了这个故事。

“当安格斯发现真相，意识到自己被欺骗了之后，他就失去了理智。他是个很骄傲而且脾气暴躁的人。那天晚上，他闯进了珠宝店，想夺回他认为属于自己的东西，结果嘛，大家都知道了。”

“拼图的另一块拼上了，”阿加莎评论道，“现在我明白为什么安格斯只偷了戒指而没拿其他的珍宝了：他对那些东西不感兴趣，他只想修正他认为自己所遭受的不公。”

拉里一口气喝完了他的茶。

“可是这一切，对我们搞清楚是谁偷走了时间胶囊并没有什么帮助呀。”他嘟囔着，“现在我们只能去找保罗·沃尔什了，马丁的几个老同学中，就剩他一个还没有被问到。”

莫莉打了个响指。

“当然了，唯一能给你们提供一些有关马丁信息的人就是他了！”她眼睛一亮，说道，“那两人小时候就形影不离，而且我知道他们在马丁离开后仍然保持着联系，也许他能告诉你们马丁的下落。”

“达德利告诉我们，保罗住在伊尼什莫尔岛，”阿加莎回忆道，“那个村庄建在阿伦群岛中最大的岛上，就在戈尔韦湾。”

“他是一名厨师，在岛上唯一的酒馆里工作，你们去那里就能找到他。”莫莉确认道。然后她看了一眼手表，又补充道：“往返那个岛的渡轮每两小时从罗萨维尔码头出发一班……也许你们还来得及赶上三点那趟呢！”

第六章

肉馅饼

三点一刻，从罗萨维尔码头出发的渡轮航行在那片灰蓝色的海域上，正穿越那片将陆地与风景如画的阿伦群岛分隔开的海域。暴风雨肆虐着，汹涌漆黑的巨浪拍打着渡轮，一层薄薄的泡沫在甲板上积聚。

拉里收起了“眼线宝”。他刚刚给校长达德利打了电话，向他通报了调查的进展情况。

“幸好这趟航行只需要四十分钟。”他低声嘟囔着，惊恐地望着眼前的惊涛骇浪，“我感觉，现在，咱们已经找对方向了。小偷不可能是别人，只能是保罗·沃尔什，因为其他人都有无懈可击的不在场证明……”

“那要是马丁本人呢？”芬恩叔叔插话道，“也许他在离开家乡五十年后回到了戈尔韦，就是想要找回藏在童话书中的克拉达戒指，同时也为他父亲洗刷冤屈！他可能通过某种方式发现了校长存放时间胶囊的地方，然后凭借自己不引人怀疑的优势偷走了那宝贝玩意儿。他一直藏在暗处，这一点使他比其他人更有可乘之机。”

叔侄二人都盯着阿加莎，似乎在等待她给出一个答案。她笑了笑，抚摸着沃森。沃森被船的摇晃吓坏了，正用爪子紧紧抓着她的肩膀。

“我们还缺少一些必要的元素来还原整个事件，”阿加莎若有所思地说道，“也许与那位厨师聊一聊能让我们理清思路。”

伊尼什莫尔岛的小港口被一层浓雾笼罩着，只有几盏路灯发出微弱的光亮。一些迷路的游客正茫然地望着眼前的景色。芬恩·米斯特里步伐稳健地朝着海边的小村庄走去，那里只有一片低矮的白色、赭色和砖红色的建筑。

“你知道保罗·沃尔什工作的那家酒馆的地址吗？”拉里惊讶地问道。

“你忘了我今天早上在摆弄的那个模型了吗？”叔叔笑道，“它就是这个小岛的缩影。我对这里的每一寸都了如指掌：我的模型可是百分之百还原的。你们跟我来，三叶草酒馆就在村子的另一头。”

在白雾笼罩之下，穿过迷宫般的小巷，他们终于到达了那家酒馆。踏进门槛，一股温暖而舒适的氛围扑面而来。角落里，一个泥炭炉缓缓燃烧着，两位乐手正在为观众演奏他们最拿手的爱尔兰传统曲目：其中一位正以惊人的速度拉着小提琴，另一位用两只大勺子似的东西敲打着节拍。

恶劣的天气把无数游客都吸引到了这家酒馆里，人们挤在一起，就像在体育场里一样。酒保不停地为客人

们倒满**爱尔兰黑啤酒**，酒液浓郁且带有奶油般的泡沫。阿加莎走上前去，礼貌地询问酒保是否可以和厨师保罗·沃尔什聊一聊。

“恐怕您的要求是没法满足的，小姐。”酒保干脆地回答道，“在高峰时段，保罗得全神贯注地干他的活儿，可不喜欢被闲聊打扰。再说了，除了他自己，厨房禁止任何人进入，因为他怕有人会偷走他的秘制菜谱。”

然后，酒保用大拇指指了指吧台旁的墙壁。

从墙上的一个小窗口里，伸出了一双戴着烤箱手套的手，把一盘香喷喷的肉馅饼放在了托盘上。这种传统的酥皮肉馅饼在爱尔兰和英国都很有名。一名女服务员

爱尔兰黑啤酒

黑啤酒是一种色泽深沉、口感醇厚的啤酒，起源于200多年前的爱尔兰，成名于德国的慕尼黑。爱尔兰黑啤酒以吉尼斯（Guinness）最为著名，是爱尔兰的国宝级饮品。它由水、大麦、啤酒花和酵母酿造，部分大麦经高温烘焙，赋予其深黑色和独特风味。吉尼斯黑啤酒泡沫丰富、口感醇厚，带有浓郁的咖啡、巧克力和焦糖味，回味甘醇。如今，吉尼斯黑啤酒在全球50多个国家酿造，销往150多个国家，成为爱尔兰文化和饮食的重要象征。

迅速端起那个大盘子，把它送到了餐桌上。沃森舔了舔自己嘴边的胡须。

“厨房和酒馆被墙隔开，只有通过那个小窗口才能互通。”酒保一边倒着另一杯啤酒，一边补充道，“要找保罗的话，你们得走后门……不过我觉得那个固执的家伙不会愿意和你们聊天的。”

就在这时，那只西伯利亚猫闪电般地从众人腿间穿过，猛地一跃，就消失在墙上的小窗里。里面立刻传来一阵惊叫声、各种咒骂声和锅碗瓢盆的巨大碰撞声。

阿加莎和拉里惊恐地对视了一眼，然后便朝着出口飞奔而去。

片刻之后，他们已经站在三叶草酒馆后面的小巷子里。

拉里急切地敲打着厨房紧闭的门。

“不好意思，那只猫是我们的！”阿加莎脸颊通红，羞愧地喊道。

突然间，门后传来一阵锁链的声响，一个穿着围裙的男人出现在门口。他大约六十岁，消瘦干巴的身材透露出些许神经质。他手里握着一把锋利的菜刀，看起来对眼前的情况非常不满。厨房的地板上，锅碗瓢盆翻倒在地，盘子也碎了一地。

沃森躲在最高的架子上，吓得直喘气。

“如果它是你们的猫，就赶紧把它带走!”保罗愤怒地吼道，脸被气得通红，“它会把我美味的馅饼肉酱里弄得全是猫毛!”

“呃……既然我们已经在这里了，我们能不能问您几个问题呀?”拉里怯生生地问道。

厨师开始在空中挥舞他的菜刀。“你们想都别想，小毛孩儿们!”保罗怒吼道，“没有人可以在我工作的时候打扰我，尤其是没有人可以踏进我的厨房!”

就在这时，肯特先生仿佛幽灵般从灰蒙蒙的浓雾中出现了，他微微向厨师倾过身去——这位前拳击冠军把指关节捏得咔咔作响。

“您没有必要这么无礼。”他保持着沉稳的风度说。

在肯特先生那令人印象深刻的体格面前，保罗似乎冷静了下来。他放下了刀，叹了一口气，示意众人进去。

阿加莎一进厨房，就立即把她那调皮的猫抱在了怀里。

“对不起，刚才有点儿失礼，”保罗·沃尔什嘟囔着说，“达德利校长通知过我你们要来，但我以为你们是那些常来的间谍。我这道拿手菜的配方可是绝密的，康

尼马拉的所有酒馆都想要抄袭它。所以我才总是把厨房的门锁得紧紧的。”

“那么，我想您应该知道我们来这里的原因吧，”阿加莎和颜悦色地说道，“我们需要核实您在五月六日晚八点半到八点四十五分这段时间的不在场证明。”

保罗挥了挥手，指着他的“王国”，这里到处都是在炉火上沸腾的锅、散落的食材，以及不断堆积在窗台上的顾客点菜单。

“我那天就一直在这里，像往常一样，”他声明道，“你们可以去问酒馆里任何一个昨天享用过我的特制肉馅饼的顾客。”

拉里垂头丧气地转向芬恩·米斯特里。

“看来您说得对，”他承认道，“排除了所有其他人之后，偷走时间胶囊的小偷只能是马丁·弗拉赫蒂——那个失踪的学生了！”

“马丁根本就没有失踪，”保罗压低声音说道，“他只是个非常内向的人，喜欢独来独往。我是唯一一个和他保持联系的老同学。”

说完，厨师又从烤箱里拿出两块肉馅饼，放进了小窗口里。

“在环游世界后，十年前他回到了杜林，还换了一个新的身份，以逃避老邻居们的恶意中伤。”保罗继续说道，“他现在就住在那儿，偶尔会弄弄他的最大爱好——园艺。”

“你们以前是朋友，对吧？”阿加莎问道，“他有没有跟您提起过关于奥康纳珠宝店抢劫案的事情?”

厨师沉默了片刻。

“实际上，就在离开学校前不久，马丁曾向我透露，他藏在时间胶囊里的那本童话书里有些奇怪的东西，”保罗小心翼翼地说道，“我不太确定，但有可能被盗的那枚戒指就藏在那里面。”

“所以，五十年后，他决定把它拿回来！”拉里总结道。然后他盯着厨师恳求道：“请您告诉我们马丁现在的新名字。也许我们还来得及阻止他，并找回被盗的物品！”

保罗开始咧嘴笑了起来。

“现在的马丁·弗拉赫蒂改名叫詹姆斯·奥里奥丹了，”他说道，“但如果你们认为小偷是他，那你们就大错特错了。你们要是有机会见到他，就会明白……嗯，他可不是那种对金钱或复仇很感兴趣的人。依我看，真正的罪犯就是那个讨厌鬼帕特里克·奥康纳。”

拉里似乎一下子从云端跌落了下来。

“那个珠宝商的儿子？”他喃喃道。

保罗·沃尔什尝了一下在锅里咕嘟作响的酱汁，又加了点儿盐，然后在一个有些夸张的停顿后继续说道：“我听说最近他的股票生意做得很糟糕，也许那个宝贝可以挽救他的财务状况。”

“谢谢您提供的这些信息。”阿加莎微笑着说道，“看来我们只能赶紧去杜林问问马丁了。不过，在此之前，您能不能卖给我们一个您的肉馅饼呀？我担心沃森要是不尝上一口，是绝对不肯离开您的厨房的……”

第七章

十二号洞疑案

下午五点的时候，几天来的潮湿天气似乎已经让位于几乎夏天般的气候。被暴风雨洗刷得湛蓝的天空俯瞰着一片布满灌木丛的沼泽地。

“这是一片**泥炭地**，”芬恩叔叔解释道，“是一片形成珍贵泥炭的沼泽：泥炭是植物化石的残骸，爱尔兰人把它当作燃料来用。我们正要去的地方在戈尔韦到克莱尔郡之间，这里泥炭资源非常丰富。”

拉里揉了揉太阳穴。

泥炭地

泥炭地是在长期积水、土壤过湿且缺氧的环境中形成的。在这些地方，植物（如苔藓、芦苇等）生长旺盛，但死亡后难以被微生物完全分解。在潮湿或地表积水的环境中，由于缺氧，植物残体分解速度很慢，逐渐积累成泥炭层。随着时间推移，泥炭层不断加厚，最终形成泥炭地。这种生态系统在全球广泛分布，是重要的碳汇，对调节气候和保护生物多样性有重要作用。

“去找那个马丁·弗拉赫蒂有意义吗？”他问道，“要是保罗说得对呢？要是罪犯就是那个可恶的帕特里克·奥康纳呢？”

“奥康纳的不在场证明似乎无懈可击。”肯特先生说道。

“当然，盗窃发生的时候，他确实在酒吧，”拉里承认道，“但到目前为止，我们忽略了一个细节：罪犯很有可能有一个同伙。某个被他事先指派好了的人，趁着他公开露面以消除所有嫌疑的同时，偷偷溜进学校！”

阿加莎轻拂了下自己的鼻尖。

“我觉得这不太可能。”她不假思索地说，“找一个同伙或雇用一个小偷不但代价高昂，而且风险极大。要是被发现了怎么办？如果那个小偷对要偷的这个看似毫无价值的东西感到怀疑，猜到了真相，并决定把赃物据为己有，那又怎么办呢?”

“是啊……我倒没想到这一点。”拉里沮丧地叹了口气。

“我还是认为小偷是以前初二C班的某个学生，”阿加莎总结道，“但为了弄清楚事情的来龙去脉，我们必须见见他们当中的最后一个人：詹姆斯·奥里奥丹，也就是马丁·弗拉赫蒂!”

经过大约半小时的车程，他们到达了风景如画的杜林村。许多房屋都保留了传统的三角形屋顶，上面覆盖着一层用于防风的茅草。

要打听一些詹姆斯·奥里奥丹的消息，只要在村里四处转转并询问一下就行了。

“我认识他，他就是那个有点儿古怪，总是独来独往的家伙。”一个推着装满砖头的独轮车的工人说道，“他在附近的高尔夫球场当杂工。你们可以在那里找到他!”

“我不知道这附近还有高尔夫球场呢。”拉里惊讶地说。

“那可是爱尔兰最好的高尔夫球场之一，在全世界都很有名呢。”芬恩叔叔笑着说。

杜林高尔夫俱乐部占据了一座低矮山丘的整个坡面。在入口处，侦探们遇到了一道阻挡通行的栏杆。

一名穿着双排扣制服的保安迅速走近他们的轿车。

“抱歉，这里只有会员才能进入。”他说，“更何况我们马上就要关门了，你们也没时间打一场球了。”

“但是……我们正在调查一起极其重要的案件！”拉里恳求道。保安却丝毫不为所动。

“没有会员卡，就算是总统本人来了我也不会放他进去。”他斩钉截铁地说。

拉里绝望地看了其他人一眼。

芬恩叔叔摸了摸他的胡子。“几年前我负责制作过这个高尔夫球场的模型。”他说道，“如果我没记错的话，在山丘的另一侧有一个废弃的旧大门。我们可以从那里进去……”

不久之后，一行人到达了雕塑家所说的地方。在他们面前出现了一道锈迹斑斑的铁门，上面爬满了藤蔓，被一个挂锁锁着，门刚好正对着十二号洞。芬恩叔叔拿出了一把钟表匠用的螺丝刀，开始鼓捣挂锁。几秒钟后，挂锁啪的一声打开了。

“有时候，模型爱好者的技能还是挺有用的。”他开玩笑说。

然后，他示意其他人悄悄进入。

几分钟后，这群人已经在刚修剪过的草地上四处走动了。沃森开始玩弄一颗被某个粗心球员遗落的高尔夫球。就在他们刚刚越过一个土坡时，阿加莎看到了一个穿着工作服的六十多岁的男人。他穿着橡胶靴，戴着一顶有遮阳帽檐的帽子，留着长发和胡子。他一边操作一台机械割草机，一边哼唱着一首著名的爱尔兰传统民谣。

“呃——哦，你们觉得他会是我们要找的人吗?”拉里低声说道。

“我们去问问就知道了。”阿加莎果断地回答。然后，她挥手示意，走上前去：“弗拉赫蒂先生，我们能和您谈谈吗?”

听到这个名字，园丁本能地转过身来，但他立刻意识到自己犯了个错误。

“呃……很抱歉，我不认识什么弗拉赫蒂。我叫詹姆斯·奥里奥丹。”他结结巴巴地说，明显有些尴尬。

“您别担心，”阿加莎安慰他说，“我们是按照保罗·沃尔什的指引前来的，我们只是想问您几个问题。”

马丁耐心地听完了他们对当天发生的事情的叙述。

最后，他摊开双臂，盯着在场的人。

“嗯，如果你们想知道我在盗窃当晚的不在场证明的话，恐怕我没有，”他叹了口气，“我一个人住，天不亮就起床，晚上很早就睡觉。所以，没有人能为我作证。”

拉里目瞪口呆地盯着他。

“话虽如此，我向你们保证，这件事与我毫无关系。”马丁赶忙补充道，“我不想再听到我那些老同学、时间胶囊和那枚我父亲多年前偷走的戒指的任何消息。”

他朝建在十二号洞边缘的一个工具棚走去，其他人跟在他后面。

“我早就已经和过去划清了界限，为了别人犯下的错误，我已经遭受得够多了。”他继续说道，同时把一只手放在了胸口，“多亏了我的新身份，我才能在心爱的杜林过着平静的生活，远离那些流言蜚语和猜疑。这就是为什么即使知道有同学聚会，我也还是决定不露面。”

拉里显然对这个解释持怀疑态度。

“您的父亲真的把赃物藏在了您放进时间胶囊的那本书里了吗?”他直截了当地问道。

马丁开始咯咯地笑起来。

“那完全不可能！”他笑着说道，“那只是一本没有几页纸的插画小册子，怎么可能放得下那枚又大又重的纯金戒指呢?”

阿加莎轻轻挠了挠自己的鼻子。她脑海的“记忆匣子”里似乎有什么东西正在浮现出来。

“然而，保罗告诉我们，当时您就已经注意到那本书有些奇怪的地方。”她回忆道，“您指的是什么?”

马丁开始自言自语，仿佛他正试图从他的记忆中找回什么。

“我明白你指的是什么了。”马丁终于说道，“在埋藏时间胶囊的前一晚，我父亲在书页上用钢笔写下了一条奇怪的笔记：‘在悬崖顶上那块方形岩石的下面寻找，那是英雄拒绝女巫求爱的地方！’”

“悬崖？英雄？女巫？”拉里结结巴巴地问道，“这是什么意思？”

“这与我们之前的猜测不一样，安格斯·弗拉赫蒂并没有把戒指藏在那本书里。”阿加莎解释道，“但他在书页之间记下了一个谜语，以记录他埋藏戒指的地点！也许他希望有朝一日他的儿子能够找回它。”

“我想他当时可能是这么想的。”马丁嘟囔道。

“只要了解当地的传说，就知道那条笔记指的是什么了。”芬恩叔叔说道。然后，他指向远处绿意盎然的山丘道：“不远处就是莫赫悬崖，欧洲最著名的旅游景点之一。”

“您是指我们在您工作室里看到的那个令人头晕目眩的悬崖吗？”拉里问道。

“没错。”他回答道，“这个令人印象深刻的自然雕塑的最南端被称作‘女巫之首’，毫无疑问，那就是安格斯藏宝的地方！”

“我一直都有这样的怀疑。”马丁咧嘴笑着，继续大步向前走，“但我从来没有费心去确认！”

拉里加快了脚步，超前一步挡住了马丁的去路。

“您想骗谁？”他指责道，“您知道那枚戒指藏在附近已经有五十年了，却从来没想过要占有它？没有人会做这种事情的：那枚戒指价值连城，任何人都会想要利用它大发横财的！”

“但事实就是如此，年轻人！”马丁打断了他的话，“就让那枚戒指待在原地吧。它在过去已经给我带来了太多麻烦，我不想再和它有任何瓜葛。至于钱，相信我，我根本不需要……”

在工具棚的入口处，有两个穿着工作服的工人，他们惊讶地看着马丁。

“您还好吗，奥里奥丹先生？”注意到有陌生人在场，第一个工人问道。

“这些闯进来的不速之客在骚扰您吗?”第二个工人显得有些紧张。

“别担心，伙计们。”马丁愉快地回答道，“他们是我的客人!”

拉里抬手捋了捋头发，愈发惊讶地盯着马丁。

“您是这些工作人员的头头?”他难以置信地问道。马丁再次咯咯大笑了起来。

“我是这个球场的主人!”他大声说道，“而且我不仅拥有这一个。我在世界各地还有二十七个高尔夫球场，此外还有二十二个度假村、十二个水疗中心、一栋摩天大楼、五艘游艇，还有数不清的其他稀奇玩意儿……”

“总之，您的生活还不错。”拉里红着脸低声说。

“可以说我是富得流油，”马丁大声说道，“也许我父亲找到的那枚克拉达戒指真的是魔法戒指：小时候我曾经为了好玩儿戴过一次，从那以后我就成了一块吸引好运的磁石。离开康尼马拉后，我中了一笔巨额彩票。

我把这些钱拿去再投资，并让它翻了好几千倍。到现在，我都已经数不清自己有多少钱了。”

“那么，我无论如何都得戴上它。”拉里声若蚊蝇地喃喃自语。

“事实是，”马丁继续说道，“我只想回到我的家乡，一心一意地从事田间劳作，过一种平静的生活。这就是为什么我会亲自打理这些我心爱的球洞。”

“换句话说，在这个案子里，您没有作案动机。”阿加莎微笑道，“这也就把马丁从可能的罪犯名单中排除掉了。”

“那到底是谁干的呢？”拉里叫嚷着，“我完全搞不懂了！”

“而我却已经隐约看到了答案。”阿加莎满意地评论道，“我需要打几个电话来验证一下……但如果我的推理是正确的，罪犯们此刻正拿着铲子前往悬崖，准备挖掘财宝呢。”

“罪犯们?”拉里愈发困惑地问道，“不止一个人吗?”

“也许我们还来得及阻止他们!”阿加莎说着，开始大步前行。

最后的游客们正匆匆离开蜿蜒在山脊上的小径。堆积在悬崖顶上如墨般漆黑的乌云，预示着一场暴风雨即将来临。而海上，天空依然晴朗，正迎接着即将落入地平线的夕阳。

“‘女巫之首’在悬崖的最南端。”芬恩叔叔一边在前面带路一边解释道，“据传说，在那里，爱尔兰的传奇英雄库丘林拒绝了一位强大女巫的求爱，女巫为了报复他，对他施下了诅咒。”

“这让我想起了点儿什么。”拉里感叹道。

然后他朝悬崖边缘瞥了一眼，不禁打了个寒战。

两百米之下，海浪正猛烈地拍打着岩石。

“我确信我父亲把他的宝藏埋在了这里。”马丁加快了脚步说道。在意识到有人图谋夺回那枚戒指后，他执意要陪他们一同到这里来。

在雨中跋涉了一个小时后，阿加莎一行人终于到达了谜语所指的地点。暮色中的微弱光线笼罩着一片近乎幽灵般阴森的景象。他们躲在一块巨大的岩石后面，而阿加莎则稍微探出身子观察现场。

“跟我想的一样……不止一个人。”她低声说。

在稍低一点儿的地方，有三个披着斗篷的人影，他们已经移动了一块方形的岩石。他们手持铲子和金属探测器，正在泥泞的地面上挖一个坑。

第八章

交叉的不在场证明

“不许动！”拉里大声喊道，同时迅速冲下山坡，“你们因盗窃时间胶囊被捕了！”

三个人影顿时僵住了。站立着的两个人转向了拉里和他的同伴。

“肖恩·多赫蒂和保罗·沃尔什！”拉里惊呼道，“那么……另一个人一定是帕特里克·奥康纳！”

“我觉得你搞错了。”阿加莎说。

第三个人影从坑边站了起来，手里紧紧攥着一个生了锈的饼干盒。当拉里认出她时，忍不住叫出了声。

“莫莉·奥谢?”他磕磕巴巴地说道，“但……这怎么可能?”

“打着石膏的腿和轮椅都是为了迷惑我们的伪装。”未来的侦探小说家阿加莎评论道，“那都是他们精妙计划的一部分。”

“肖恩……莫莉……保罗，”马丁走上前去，喃喃

道，“真的是你们！”

几个同谋认出了他们昔日的伙伴，纷纷低下了头。

厨师保罗率先开了口。

“我们投降！”他喊道，“毕竟，我们不是职业罪犯。”

“我们只是三个努力勉强维持生计的退休老人。”肖恩哽咽道，“所以，我们决定策划一场小小的骗局，去找回一件对谁都已经无关紧要的财宝！”

“那枚戒指能值不少钱呢。”莫莉叹了口气，把饼干盒放在了一块岩石上，“要是把它卖了，我们就可以无忧无虑地度过余生了……对不起，马丁，我们没想骗你！”

“可是，谁是那个真正实施盗窃的人呢？”肯特先生思索着，“他又是怎么做到的？”

在一阵充满期待的短暂停顿后，阿加莎开始讲述她的推理。

“就像他们自己承认的那样，肖恩、保罗和莫莉自从学生时代起就一直保持联系。”她说，“他们都记得关于时间胶囊的旧事，可能多年来他们真的深信那枚失踪的戒指就藏在马丁的那本书里。因此，随着重启时间胶囊日期的临近，他们起了贪心，从而决定放手一搏。他们商量好，并策划了一个计划，在有人发现那个秘密之前将时间胶囊偷走。我猜对了吗?"

三个人尴尬地点了点头。

"偷走那个金属圆筒并不难。"保罗承认道，"达德利甚至告诉我们他把它放在哪儿了！我们只需要小心翼翼地溜进学校就行了。"

"不过这里有个问题，"阿加莎继续说道，"那就是需要一个完美的不在场证明，以便消除你们每个人的嫌疑。那要怎么做到呢？很简单，就是你们为彼此提供不在场证明。"

然后她指向肖恩·多赫蒂，这位来自戈尔韦的渔民。

"实施盗窃的人是您，我说得对吗?"她问道，"您是唯一住在戈尔韦的人，熟悉这座城市，而且在学校附近出现也不会引起怀疑。您是偷走时间胶囊的最佳人选。"

"没错。"肖恩嘟囔道。

“但在同一时间，肖恩在码头，很多渔民都看到他了！”拉里反驳道，“这怎么可能呢？”

“有人冒名顶替。”阿加莎冷冷地说道，“确切地说，是保罗·沃尔什。这个身份交换发生在七点钟，通常肖恩会在那个时候离开他的岗位去酒馆喝一杯。两个人身形相似：厨师只需要穿上朋友的那件黄色雨衣，回到码头尽头假装钓鱼，直到天黑就行。”

“没人发现任何异常。”保罗嘟囔道，“因为肖恩是个独来独往的人，平时基本不和任何人搭话。”

“可是，如果保罗在五月六日晚上在戈尔韦的码头，那么在三叶草酒馆烤肉馅饼的又是谁呢？”芬恩叔叔问道。

“第三个同伙，莫莉·奥谢。”阿加莎心平气和地回答道，“正如你们所看到的，她根本没有被所谓的骨折所困扰。当保罗在工作的时候，他的厨房是禁止外人入内的，而且从酒馆里面根本看不到厨房里面是谁在做饭，因为这两个区域是分开的，只通过一个小窗口相连。”

“在得知了保罗的秘制食谱之后，替他工作几个小时对我来说简直是小菜一碟。”莫莉承认道。

“骨折这个细节的设计真令人叫绝。”阿加莎赞叹道，“这个完美的掩护将莫莉排除在嫌疑人名单之外，让她能够在不引起怀疑的情况下掩护同伙。对于一个前护士来说，伪装成骨折，打上石膏并弄来一辆轮椅应该是轻而易举的事。五月六日下午，她去了罗萨维尔码头坐船，一到伊尼什莫尔岛，就悄悄溜进厨房接替了她朋友的位置，这样保罗就能赶到戈尔韦去替换肖恩了!”

“这真是个绝妙的计划。”马丁承认道，“但你是怎么发觉的呢?”

阿加莎耸了耸肩。

“就是从许多看似互不相关的细节。”她说道，“比如那个渔民说肖恩在六号晚上钓到的鱼比平时少很多。”

“那当然了，我根本不是渔夫!”保罗抱怨道。

“还有莫莉厨房里那些家居用品的摆放位置非常奇

怪。”阿加莎继续说道，“或者更确切地说：对于一个独居且断了腿的女人来说，摆放得太正常了！泡茶的器具都被放在了最高的地方，而一个被困在轮椅上的人会尽量把常用的物品放在手边。”

“我真不该邀请你们进屋。”莫莉嘟囔道。

“那样的话，我就无法发现那些贴在冰箱上的食谱的笔迹和贴在门上的便条的笔迹不一样了。”阿加莎狡黠地评论道，“巧的是，那些食谱恰好都是三叶草酒馆菜单上的菜品。”

她盯着这群小偷。

“在意识到马丁不是罪犯之后，我开始把这些线索串联起来，于是就弄清楚了你们的把戏。”她说道，“最后，我只需要打几个电话，核实一些细节就行了。比如，我发现十天前，附近的医院根本没有收治过一个叫莫莉·奥谢的女人。相反，罗萨维尔轮渡的船长却清晰地记得，六号下午他帮助一位腿打着石膏的女士上了船！”

“但你怎么知道他们会在这个时候来这里的呢?”芬恩叔叔惊讶地问道。

阿加莎整理了一下她的金色刘海。

“我试着站在他们的角度去思考。”阿加莎解释道,“实施了盗窃之后,这些同伙们打开了时间胶囊:起初他们以为会在那本书中找到戒指,但随后他们注意到了安格斯留下的谜语,并且毫不费力地解开了它。”

“正是这样。”保罗评论道,“我们原计划是在风头过后再取回宝藏。”

“但当我们得知著名的‘侦探眼’正在调查这个案件时,我们就开始担心了。”肖恩哀叹道,“保罗为了把你们甩掉,给你们提供了寻找马丁的线索,希望你们的怀疑会转移到他身上。”

“那时我们意识到你们也可能会发现戒指在哪儿。”莫莉坦白道,“于是我们商量过后,就急匆匆赶到这里来取走它。”

莫莉神情沮丧地转向马丁。

“那枚戒指就在那个饼干盒里。”她说，“你可以拿回去。毕竟，你留着它才是对的，它本来就属于你的家族！”

“你们怎么就不明白呢？我对那枚戒指毫无兴趣，你们可以把它放回原处，或者扔进大海里！”马丁·弗拉赫蒂不耐烦地说道。

“恕我直言，这件珠宝应该放在戈尔韦博物馆里。”芬恩叔叔插话道，“它是一件价值不可估量的历史文物。”

然后他转向放着饼干盒的那块大石头。

“但它到底去哪儿了？”他声音颤抖地说。

所有人都朝那个方向看去。那个铁皮盒子不见了，而另一个穿着雨衣的身影正沿着草坡奔跑，蜿蜒而下。

沃森喘了一口粗气。

“那人到底是谁?!”马丁大声喊道。

“我想这个我也弄清楚了。”阿加莎说。

“我还没弄明白，但有一件事是肯定的。”拉里宣称，“我不会允许任何人偷走那个能帮我摆脱诅咒的戒指！”

说完他拔腿就追，其他人紧随其后。

那名戴兜帽的小偷正在湿滑的悬崖边缘奔跑，片刻之后，追赶者们渐渐逼近。突然，像百米冲刺一样，西伯利亚猫沃森跳了起来猛扑过去，追上了逃犯，并用爪子紧紧抓住了他的后背。

那人踉跄了一下，饼干盒从他手中滑落，盒子猛然打开：沉甸甸的金戒指在空中画出一道弧线，那一刻仿佛无比漫长。

随后，戒指开始在岩石上叮当作响，在悬崖边缘翻滚。

“我的宝贝！”拉里喘着粗气，眼睛几乎要瞪了出来。他向前扑去，试图在空中抓住它。

“小心！”肯特先生大喊，同时也跳了过去。

瞬间，健壮的管家抓住了一根悬在深渊之上的小树桩。拉里则紧紧抓住了他的左腿，惊慌失措地在空中乱踢。

“拜托，少爷，请尽量不要动。”前拳击手叹了口气说，“这个树桩支撑不了多久。”

四个曾经的伙伴交换了一个默契的眼神后，迅速开始行动。

肖恩抓住了一根生长在悬崖边的树根，然后伸手拉住莫莉，莫莉又握住了保罗的手，就这样形成了一条人链。最后，马丁设法抵达肯特先生悬挂的地方，伸出右手拉住了他。

几秒钟后，两人终于安全了。阿加莎跑过去，拥抱了他们。

与此同时，那个逃跑的人还在与沃森纠缠，沃森挥舞着爪子，一通乱抓乱挠。等到这些老同学看清了兜帽下面的脸时，都不禁发出了一声惊呼。

“帕特里克·奥康纳，真的是你?”肖恩低声说道。

“那枚戒指理应属于我!”股票经纪人奥康纳气急败坏地喊道，脸色涨红，“我父亲……呃……是从马丁的父亲手中合法买下它的。当我发现你们中的一个在打它的主意时，我决定抢先一步。我非常需要它!”

“看来关于你财务状况糟糕的传言是真的。”保罗·沃尔什评论道，“但你是怎么知道我们都在这里的?”

“我想是达德利给他提供了一些信息。”阿加莎解释道，“拉里一直在给达德利打电话，告知他调查的进展。知道我们的行踪后，跟踪我们并等待合适的时机下手应该不是太难的事。”

“我的戒指……永远都找不回来了。现在我可怎么办啊?”奥康纳哭泣道。

马丁凝视着正在被大海吞没的夕阳。

“现在已经不可能找回来了。”他断言道，“这样也好。它只会给我们带来争吵、分裂和不幸。总之，我很高兴它掉进了海里。”

“嗯……你们真的确定吗?”拉里插话道。然后，他带着胜利的微笑，举起了左手，展示给在场的人看。那枚克拉达金戒指正套在他的无名指上，在夕阳的照耀下闪闪发光。

任务完成

此时，夜幕已经降临。两名杜林的警察赶到了现场。

他们对这个不可思议的故事感到震惊，立刻给帕特里克·奥康纳戴上了手铐，并接管了那枚失而复得的戒指。“这件事不会就这么算了，你们很快会收到我的消息。”股票经纪人不停地嚷嚷，“那个宝贝是我的！属于我的家族！我要把它拿回来！”

肖恩、莫莉和保罗继续和马丁低声交谈。

他们似乎对自己策划的这场骗局深感懊悔。

“噢，对了，时间胶囊去哪儿了？”这位奇怪的百万富翁突然问道。

莫莉·奥谢从她的包里拿出一个有些凹陷的金属圆

筒，拧开了盖子。

“我当然把它保存下来了。”她微笑着说，“里面还装着我们所有人的宝贝呢！”

然后她把马丁的旧童话书交给了他，那本书已经泛黄了。

马丁翻阅了好一会儿，沉浸在旧时的回忆中。

“再次向你道歉。”保罗说着，把手搭在了他的肩上，“我们不应该欺骗你的。希望有一天你能原谅我们。”

“其实，根本没什么好原谅的。”马丁笑道，“我已

经跟你们说过了，我才不在乎那枚戒指呢。现在，倒不如让它陈列在戈尔韦博物馆的橱窗里。说到这儿，伙计们……咱们为什么不去杜林的酒馆，为过去的美好时光干一杯呢?”

拉里坐在悬崖边的一块岩石上。

他垂头丧气地盯着自己的鞋尖。

“我本来有机会的，但我白白浪费了。”他叹息道，“在那种危急时刻，当我戴上戒指时，我许愿让我和肯特先生能脱离那种可怕的境地……结果还真灵验了。”

然后他抬头看着他的堂妹，用绝望的语气说道：“但是，这样一来，我就浪费了我唯一的愿望。你明白这有多惨吗？我本来可以用它来解除诅咒的，但我却白白浪费了！”

听到这些话，阿加莎失去了她那一贯的英式沉着冷静。

“你是多亏了马丁·弗拉赫蒂和其他人的帮助才得救的！”阿加莎激动地说道，“你意识到没有，就因为你轻信那些东西，你和肯特先生差点儿从两百米的高空摔下去！你可把我吓得够呛！所以，拜托别再谈那些迷信的事儿了：你难道不明白那个算命的女人就是在捉弄你，其实根本没有什么诅咒吗？”

“我再跟你说一遍，塞尔达夫人的能力是真实存在的。”拉里执拗地回应，“你给我解释解释，她只是知道了我的名字，怎么就能知道我那么多事儿呢？她肯定是个女巫！”

“你说那个女人戴着一个包住耳朵的头巾，对吧？”阿加莎问道。

拉里点了点头。

“她可能戴着一副耳机，一个藏在帐篷后面的同伙通过耳机给她传递关于你的信息。”阿加莎一口气说道。

“但是……但是这个神秘的同伙怎么可能知道我去过的地方，还有我的亲戚是谁呢？”拉里越来越困惑地问道。

“你还没明白吗？”阿加莎无奈地叹了口气，“她只是用你的名字做了一次简单、普通、愚蠢至极的互联网搜索而已!”

听到这些话，拉里猛地站了起来，仿佛被电击了一样。

“就连我这个不怎么上网的人都知道,”阿加莎继续说道，这次语气更平和了,“如今，你只要知道一个人的名字和姓氏，然后在网上快速搜索一下，就足以从照片、视频、社交媒体上的帖子中获得大量信息……你可以发现关于他的一切：他常接触的人，他的兴趣爱好，甚至他度假的地方。”

阿加莎弯下腰，轻轻挠了挠沃森的额头。

“也许那个骗子在让你相信她的魔法力量并做出预言之后，打算卖给你一个驱邪护身符之类的东西，好赚你几英镑。但就在那时，‘眼线宝’开始响了，是不是?”她说道。

男孩虚弱地点了点头，脸色苍白得像一块破布。

“所以，你就在惊慌失措中逃跑了，根本没等她完成她的骗局。你看，这是一个非常简单的解释，根本就没有什么诅咒。”

“哎呀，我的天哪，你为什么不早点儿告诉我?”拉里气急败坏地说道，“这两天我一直以为自己完蛋了!”

她对他露出了一个狡黠的笑容。“一开始我希望你能自己意识到这些，”她坦白道，“然后今天早上，在你发现有一个‘魔法’戒指的事情后，我看到你终于有动力去完成调查了。之前你看起来像个僵尸似的，但突然间你就变得精力充沛了。所以我选择一直等到现在才说。”

“总之，我被耍了两次……”拉里叹了口气。

“恕我直言，拉里少爷，如果您想在未来避免其他‘诅咒’，您需要更加注意您的社交账号的隐私设置和您在网上发布的内容。”肯特先生在礼貌地轻咳了一声后说道。

就在这时，“眼线宝”响了起来。

拉里扬起眉毛看着屏幕。

那是一条来自玛特尔·温特布洛瑟姆的消息。那女孩邀请他在第二天下午一起去伦敦的天文馆参观。拉里露出了一丝幸福的微笑，迅速打字回复，然后按下了“发送”键。注意到堂哥的表情，阿加莎投去一个疑惑的眼神。

“明天下午，或许玛特尔不会再次放我鸽子了。”拉里满意地宣布。

然后，他吹着口哨沿着小路走去。

侦探小课堂

侦探的团队合作

所有优秀的侦探都知道，“团结就是力量”这个道理同样也适用于案件调查。无论是忠诚可靠的助手、守口如瓶的线人，还是并肩侦查的同事都能在案件调查过程中提供宝贵的帮助。

但在组建侦查队伍时，也有许多需要注意的事项，比如队伍人数不宜过多。其次，队伍内应该有明确的分工，每位成员各司其职，以避免在执行任务的过程中产生不必要的分歧和争执。除此之外，自然也不能忘记合作与信任这两大必不可少的因素！

米斯特里侦查组

在侦查过程中，我们最喜爱的主角们又是如何分工的呢？

阿加莎

由于阿加莎有着惊人的直觉和记忆力（著名的“记忆匣子”），她一般负责统筹调查工作，制订行动计划以及各项行之有效的对策。

拉里

拉里具有“侦探眼”侦探学校所赋予的各项查案特权，同时他还精通各种电子装置。此外，拉里的奇思妙想总是会给阿加莎带来各种启发。

肯特先生

肯特先生是米斯特里家无所不能的管家，他主要负责后勤和日常事务，比如开车和收拾行李。但千万别忘了肯特先生曾经可是一名拳击手，时至今日他的左勾拳仍然极具威慑力。

沃森

作为一只机智的小猫，沃森负责运用猫类敏锐的感官（嗅觉、听觉和夜视能力）来探寻一切潜在的线索。

米斯特里家族成员

遍布五湖四海的米斯特里家族成员们从事着各行各业，而且每一位家族成员都是各自领域里的专家。他们熟知各自生活的地区及当地语言，在调查过程中能充当小侦探们的向导，这也是阿加莎如此重视家里那张世界地图的原因。